D0566381

SUPER CILANTRO GIRL
LA SUPERNIÑA DEL CILANTRO

Story * Cuento
JUAN FELIPE HERRERA

Illustrations * Ilustraciones
HONORIO ROBLEDO TAPIA

Children's Book Press / Editorial Libros para Niños
San Francisco, California

When I was a child living in San Diego, California, we crossed *la frontera*, the border between the United States and Tijuana, Mexico, many times. We visited friends, went to the doctor and to the movies to see *"La Momia Azteca"* and *"El Santo Contra los Marcianos."* These superhero movies were my favorites! At intermission—movies had intermissions then—*mamá* Lucha told me stories about how, when she was little, her family crossed the border from Juarez, in Chihuahua, to El Paso, Texas.

"See my green card?" she'd say, and showed me the official-looking card. "It means I am from Mexico, Juanito." Yes, the card was the color of cilantro, and it had her photograph on the back. *Papá* Felipe, a U.S. citizen, told me, "I didn't need a green card, *hijo.* I came from Mexico before there were borders, before 1924—when we lived *sin fronteras.* There was an official frontier between Mexico and the United States, of course, but there weren't a lot of rules about keeping people in or out." When *Papá* said that, *Mamá* would smile. I was happy that we were all together as one family. But what about families kept apart by borders? I wondered.

Maybe, I dreamed—and still dream—there is a way to bring families back together. It will take a heroic effort from someone like *El Santo* or the star of this story, but it can be done.

J.F.H.

Muchas veces, cuando yo era niño y vivía en San Diego, California, cruzamos la frontera entre los Estados Unidos y Tijuana, México. Visitábamos amigos, íbamos al doctor y al cine a ver «La Momia Azteca» y «El Santo Contra los Marcianos» (¡estas películas de superhéroes eran mis favoritas!). En el intermedio —las películas tenían intermedio en ese entonces— mamá Lucha me contaba cuentos de cómo, cuando era joven, su familia cruzaba la frontera entre Juárez, en Chihuahua, y El Paso, Texas.

—¿Ves esta mica verde? —preguntaba, y me la enseñaba—. Quiere decir que soy de México, Juanito. —Sí, esa tarjetita oficial era del color del cilantro y tenía el retrato de mamá Lucha al otro lado. Papá Felipe, que era ciudadano estadounidense, me decía: —Yo no necesito la mica verde, hijo. Yo crucé antes de que hubiera esas divisiones, antes del 1924, cuando todavía vivíamos sin fronteras. Había fronteras reales entre México y los Estados Unidos, claro, pero no había reglas que dictaran quién entraba y quién salía. —Cuando Papá decía eso Mamá se sonreía. Me hacía feliz que estuviéramos unidos como familia. Pero «¿qué harán las familias separadas por esas mismas fronteras?», me preguntaba.

«Quizás», soñaba en ese entonces y sueño aún todavía, «habrá algún modo de unir a todas las familias». Sé que esto tomará un esfuerzo heróico por parte de uno que sea como El Santo o como la estrella de este cuento, pero sé también que se puede lograr.   *J.F.H.*

"Time for bed!" Esmeralda Sinfronteras' grandmother calls out.
"Coming, Abuelita!" But before stepping through the door, Esmeralda picks a bunch of sweet cilantro from her mother's garden.

—¡Es hora de acostarte! —llama la abuelita de Esmeralda Sinfronteras.
—¡Ya voy, Abuelita! —Antes de entrar a su casa, Esmeralda arranca un manojo de cilantro dulce del jardín de su mamá.

"Abuelita, here's a bouquet to give Mamá when she gets home from her visit to Mexico tonight."

"Oh, Esme, I have something to tell you," Abuelita says. "Your *mamá* just called. She's been stopped at the border in Tijuana. They say she needs a green card."

"Green . . . card? Green? Like cilantro?" Esmeralda asks.

"She's a citizen, Esme. Everything will be OK," Abuelita says.

Esmeralda looks closely at her grandmother. Abuelita doesn't seem too worried, so Esmeralda takes the bouquet into her little room with the curtain door.

—Abuelita, aquí tengo un ramillete para dárselo a Mamá cuando regrese esta noche de su viaje a México.

—Oye, Esme, tengo algo que contarte —le dice la abuelita—. Llamó tu mamá. La detuvieron en la frontera de Tijuana. Dicen que necesita una mica verde.

—¿Mica... verde? ¿Verde? ¿Como el cilantro? —le pregunta Esmeralda.

—Tu mamá es ciudadana, Esme. Todo saldrá bien —dice Abuelita.

Esmeralda mira a su abuelita. Pero como Abuelita no se ve preocupada, Esmeralda se lleva el ramillete a su cuartito, que tiene una cortina en vez de puerta.

5

At bedtime, Esmeralda holds the green-green cilantro leaves, shaped like hearts with wings, and presses them gently between her hands.
She makes a wish.

I hope
Mamá comes home soon,
bright and full of life—
just like you, little cilantro leaves!

A la hora de dormir, Esmeralda agarra suavemente las hojitas de cilantro verde-verde entre las manos. Parecen corazoncitos con alas.
Esmeralda le pide un deseo:

¡Que Mamá regrese pronto,
tan fresca y llena de vida
como ustedes, hojitas de cilantro!

In the morning, a bird with a crooked beak taps on Esmeralda's window.

PAK! PEK! PEEK! POK! POK!

Por la mañana, un pájaro de pico chueco picotea en la ventana de Esmeralda.

¡PAK! ¡PEK! ¡PIK! ¡POK! ¡POK!

Esmeralda wakes up, jumps up as if in a dream.

"Mamá, are you home?" she calls, and runs through the rooms of the house.

Esmeralda se despierta, brinca como en un sueño.

—¿Mamá, estás en casa? —llama, corriendo por los cuartos de la casa.

Abuelita is busy in the kitchen.

"Why don't you help me, Esme?" she asks.

Abuelita está ocupada en la cocina.

—¿Por qué no me ayudas, Esme? —le pregunta.

Esmeralda starts to put on an apron, but when she looks down at her hands . . .
"*UUUUUY!*" she cries. "My fingernails! My hands! They're *GREEEEN!*"
She runs over to the sink, but the more she rubs and scrubs, the greener her hands become.

Esmeralda va a ponerse un delantal, pero cuando se mira las manos…
—*¡HUUUUY!* —grita—. ¡Ay, mis uñitas! ¡mis manos! ¡Las tengo *¡VEEERDES!*
Corre al lavamanos, pero por más que se frota y se restrega las manos, más verdes se le ponen.

That day at school, Esmeralda borrows a pair of gardening gloves from Mr. Parches, the janitor.

Ese día en la escuela, Esmeralda le pide un par de guantes de jardinería al señor Parches, el conserje.

She speeds into the girl's bathroom and puts on the gloves.

"This way, no one will see my green-green hands," she thinks.

Esmeralda sings into the mirror.

I hope Mamá is on her way!
I hope she comes home soon!
I hope Mamá can clean
this ugly green away!

Vuela al baño de las niñas y se pone los guantes.

—Así nadie se dará cuenta de que tengo las manos verdes-verdes —piensa ella.

Esmeralda canta frente al espejo.

¡Que Mamá llegue prontito!
¡Que ya venga de caminito!
¡Que Mamá me quite todito
este verde tan feíto!

This makes her smile. But . . .
"ₐₐₐₐₐY!" she screams. "My teeth are green too!"

Esto le hace sonreír. Pero...
—¡ₐₐₐₐₐY! —grita—. ¡Los dientes, también se me han puesto verdes!

Esmeralda comes home to her *abuelita*.

"You haven't said a word, Esme. You know, when you come home singing, my heart grows little feathers," Grandma says.

"I know, Abuelita," Esmeralda mumbles, and fiddles with her fingers.

"Esme, why are you wearing those smelly old gloves?" Abuelita asks.

"They keep me warm," Esmeralda answers, not smiling much at all. Abuelita gives her a very strange look.

Esmeralda llega a su casa, en donde está su abuelita.

—No has dicho ni una palabra, Esme. ¿Sabes? Cuando llegas cantando, me nacen plumitas en el corazón —le dice la abuelita.

—Ya lo sé, Abuelita —murmura Esmeralda y se pone a juguetear con los dedos.

—Esme, ¿por qué traes puestos esos guantes apestosos? —pregunta la abuelita.

—Me calientan las manos —le contesta Esmeralda, apenas sonriendo.

Abuelita le da una mirada muy extraña.

Esmeralda decides to look at herself in the mirror. Just maybe, she's OK. "AAAAAY!" she cries. "It can't be! My eyes! They're the same color as my teeth! *GREEEEN!*"

Esmeralda decide mirarse en el espejo. Quizás, tal vez, no se vea tan mal. —¡AAAAAY! —grita—. ¡No puede ser! ¡Los ojos! ¡Los tengo del mismo color que los dientes! *¡VEEERDES!*

Back at school, Esmeralda wears dark glasses and bows her head in class.

"Esmeralda, can you come to my desk immediately? Tell me, why are you wearing sunglasses in here?" Mrs. Contrario asks.

Esmeralda is silent.

Al volver a la escuela, Esmeralda se pone lentes oscuros y agacha la cabeza en el salón de clases.

—Esmeralda, ven a mi escritorio ahora mismo. Y dime, niña, ¿porqué te has puesto esos lentes oscuros? —le pregunta la señora Contrario.

Esmeralda no le contesta.

FLIP! FLAP! FLOP! FLOOP!

Esmeralda's bird, the one with the crooked beak, flaps its wings as it flies by the classroom window.

¡FLIP! ¡FLAP! ¡FLOP! ¡FLUP!

El pájaro de Esmeralda, el del pico chueco, bate las alas y pasa por la ventana del salón.

"And your hair, it's . . . it's fuzzy and . . . and tangled with vines!" Mrs. Contrario stutters. "You'd better see Nurse Dedo and get it fixed up!"

—El pelo, lo tienes… lo tienes… ensortijado y liado de enredaderas! —tartamudea la señora Contrario—. ¡Es mejor que vayas a ver a la señorita Dedo, la enfermera, para que ella te desenrede el pelo!

"Sit on this little chair, Esmer*alta*."

"My name is Esmer*alda*," Esmeralda replies. *"Alta* means *tall*."

"Oh, Es-mer-al-dah, excuse me," says Nurse Dedo, waving a pair of scissors in the air.

"Let's see—where shall we start?"

—Siéntate en esta sillita, Esmer*alta*.

—Me llamo Esmer*alda. Alta* quiere decir *tall*.

—Ah, Es-me-ral-da, perdóname —exclama la señorita Dedo, agitando en el aire un par de tijeras—. A ver. ¿Por dónde empezar?

ZNIP! ZNAP! ZNOOP!

The scissors clip the green-green leaves curling around Esmeralda's ears.

"You shouldn't be playing in the vineyards!" Nurse Dedo scolds.

ZNIP! ZNAP! ZNOOP!

"Well . . . uh . . . well . . . uh . . ." Just as Esmeralda is about to explain . . .

¡ZNIP! ¡ZNAP! ¡ZNUP!

Las tijeras cortan las hojitas verdes-verdes que van enrollándose alrededor de las orejas de Esmeralda.

—¡No deberías jugar en las viñas, niña! —la regaña la señorita Dedo.

¡ZNIP! ¡ZNAP! ¡ZNUP!

—Pues... es que... pues... —Antes de que Esmeralda pueda explicarse...

Zweeeeep! Zwooooop! The green-green vines spin a cocoon around the nurse, race up the walls, pop open the windows, and bounce Esmeralda right out onto the sidewalk!

¡Zwiiiip! ¡Zwuuuuup! Las enredaderas tan verdes-verdes tejen todo un capullo alrededor de la enfermera, avanzan por las paredes y se escapan por las ventanas.

¡Y empujan afuera a Esmeralda en la mera banqueta!

Esmeralda runs all the way home, wearing her backpack like a hat to hide all that green. She takes huge long strides and reaches her house in a flash.

Esmeralda sale corriendo para su casa con la mochila puesta de sombrero para esconder lo verde-verde. Da pasos requetelargos y llega a casa en un santiamén.

She peeps in through the window. Her grandma is scratching bird wing designs on a clay vase.

Mira por la ventana y ve a su abuelita que raya un diseño de alas de pájaro en una de sus vasijas de barro.

Esmeralda opens the door and KEE-RASH! KA-BOOM! She bumps her head on the roof.

"What's happening? I am too tall! I can't even get into my own house! I *am* Esmer-*alta*!"

Esmeralda abre la puerta y... ¡ZAS! ¡CA-TA-PLUM! Da con la cabeza contra el techo.

—¿Qué me estará pasando? ¡He crecido demasiado! ¡No puedo entrar ni a mi propia casa! ¡Ahora sí que soy Esmer-*alta*!

"Mamá! Where are you?" Esmeralda feels a tender breeze from the south brush her cheek. She turns toward Mexico. "I know what to do!" she sings. "I'm going to bring Mamá back home myself!"

—¿Mamá, dónde estás? —Esmeralda siente una tierna brisa del sur que le acaricia la mejilla. Se voltea hacia México.

—Ya sé qué voy a hacer! Voy a buscar a Mamá y voy a traerla yo misma a casa!

Esmeralda drapes one of Abuelita's starry shawls over her shoulders as a cape. She fastens it with a huge safety pin. Then she makes a construction paper mask and puts on her best green tights and her favorite gold hightop sneakers.

Esmeralda hace una capa con el rebozo de estrellas de la abuela y lo abrocha con un seguro enorme. Se inventa una máscara de cartulina y se pone sus mejores medias verdes con los ténis dorados, que son los que más le gustan.

Finally, she picks a fresh bouquet of cilantro from her mother's garden and whispers to the green-green leaves,

Green like my mother's salsa verde,
green like the earth in spring,
Take me across the mountains to my mamá
so I can hear her songs again.

Recoge un ramillete de cilantro fresquecito del jardín de su mamá y les susurra a las hojitas tan verdes-verdes:

Verde como la salsa verde de mi mamá,
verde como la tierra a flor de primavera,
llévame por las montañas adonde está mi mamá
para oír sus canciones otra vez.

The bouquet sparkles in her hands. Esmeralda flies through the clouds to the border with her bird, its crooked beak leading the way.

El ramillete relumbra en las manos de Esmeralda. La niña vuela entre las nubes hacia la frontera, acompañada del pajarito de pico chueco, que le abre el camino.

By evening, Esmeralda arrives at the border near Tijuana. She gawks at the great gray walls of wire and steel between the United States and Mexico. She stares at the great gray building that keeps people in who want to move on.

Esmeralda has grown many feet taller. Her hair is longer than a school bus. Her eyes shine like emeralds on fire.

Ya de noche Esmeralda llega a la frontera de Tijuana. Se fija en los paredones grises de alambre y hierro que separan a México de los Estados Unidos. Ve un enorme edificio gris donde detienen a aquellos que quieren seguir adelante.

Esmeralda ha crecido mucho más. Tiene el pelo más largo que un autobús de la escuela. Los ojos le brillan como esmeraldas de fuego.

22

She leaps over the wire mesh border wall, scales the patrol tower, and cranes her long neck. She can see her *mamá* through one of the teeny, dirty windows of the great gray building.

"Mamá! Mamá! Everything is OK," she calls. "I'll pull you up. Hold on to my hair!"

Salta sobre el paredón de alambres entretejidos, escala la torre de vigilancia y estira el cuello. Por una de las rendijas sucias del enorme edificio gris ve a su linda mamita.

—¡Mamá, Mamá! Todo está bien —le dice—. Yo te levanto. ¡Agárrate de mi pelo!

"Esmeralda?" Mamá asks, but when she sees the giant green girl, she demands, "Wait, who are you?"

"Oh, uh . . . I am *SUPER CILANTRO GIRL*. I am taking you back home to your daughter," the giant green girl answers.

"*Vámonos,*" she says.

"*Vámonos,*" Mamá agrees.

—¿Esmeralda? —pregunta Mamá. Pero cuando ve a la gigante niña verde, le pregunta: —Un momentito, ¿tú, quién eres?

—Pues… este… soy *LA SUPERNIÑA DEL CILANTRO*. La voy a llevar a usted a su casa, adonde está su hija —le dice la gigantita verde.

—Vámonos —le dice.

—Pues, vámonos —le contesta Mamá.

SUPER CILANTRO GIRL tucks Mamá into her shirt pocket and flies over the border wall. Helicopters and patrol sirens beam in on them. "**SUPER CILANTRO GIRL**, what are we going to do?" Mamá asks.

LA SUPERNIÑA DEL CILANTRO se mete a Mamá en el bolsillo de la camisa y vuela sobre los muros grises de la prisión, mientras que los helicópteros y las patrullas las persiguen.
—¿Qué vamos a hacer, **SUPERNIÑA DEL CILANTRO**? —le pregunta Mamá.

"We'll make everything so green-green, the border will disappear!" the fifty-foot-tall girl says.

"Make it *sin fronteras?*" Mamá asks.

"Yes, just like our name. Oops, I mean *your* name," the green girl replies.

SUPER CILANTRO GIRL touches a brown-brown tree. The tree grows and sprouts leaves, fruit, flowers. Vines cover buildings. Cilantro starts growing everywhere.

The officers stop the chase. They stumble out of the helicopters and patrol cars in all directions, just to smell the green aromas.

"Lovely!" they say. *"¡Qué bonito!"* they say. They are even learning to speak Spanish!

But *SUPER CILANTRO GIRL* pays no attention to them. She carries her mother all the way home.

—Vamos a volverlo todo tan verde-verde que la frontera desaparecerá —le contesta la niña, desde cincuenta pies de alto.

—¿Para que se vea sin fronteras? —le pregunta Mamá.

—Sí, como nuestro... ¡Híjole, digo, como su apellido! —le responde la niña verde.

LA SUPERNIÑA DEL CILANTRO toca un árbol color marrón-marrón. El árbol crece y le brotan hojas, frutas, flores. Enredaderas cubren los edificios. Por dondequiera empieza a salir el cilantro.

Los patrulleros dejan de perseguirlas. Van saliendo a tumbos de los carros y de los helicópteros en todas direcciones, no más para oler el verde aroma.

—¡Qué suave! —dicen.

—¡Qué bonito! —dicen.

¡Están aprendiendo a hablar español! Pero *LA SUPERNIÑA DEL CILANTRO* no les hace caso. *LA SUPERNIÑA* carga a su mamá hasta llegar a su casa.

After the long, long trip home, Esmeralda tells her mother who she really is: a very tired, very large green girl with a bird on her shoulder. "I was worried about you, Ma . . ." and before she can finish her sentence she is fast asleep.

ZZZZZZZZZZZZZZ!

Después de un viaje tan, tan largo a casa, Esmeralda le revela a la mamá quién es: una niña muy cansada, muy grande y muy verde que lleva un pajarito en el hombro.

—Estaba muy preocupada por ti, Ma…
—y en eso se queda completamente dormida.

¡ZZZZZZZZZZZZ!

28

"Wake up, Esme! You've been walking and talking in your sleep all night!" Abuelita shakes Esmeralda.
Esmeralda shoots her hands up in the air. "Look!" she says. "They're not green!"

"I know, I know," Abuelita says gently.

"And my feet? I can fit in my bed!"

"Of course, *corazoncito*, well, almost. You have been growing, you know."
Abuelita continues. "And, Esme, I have a surprise for you! In the living room."

—¡Despiértate, Esme! ¡Haz estado caminando y platicando dormida toda la noche! —Abuelita sacude a Esmeralda.

Esmeralda estira las manos en el aire. —¡Mira! —le dice—. ¡Ya no las tengo verdes!

—Sí, ya sé, ya sé —le dice Abuelita quedito.

—¿Y los pies? ¡Quepo en la cama!

—Seguro que sí, corazoncito… bueno, casi cabes. Has estado creciendo, ¿sabes? Y, Esme, ¡tengo una sorpresa para ti! —continúa Abuelita—. En la sala.

Esmeralda finds her mother in the living room, holding a bunch of Calla lilies in her arms.

"Mamá, I missed you," Esmeralda says, and hugs her and hugs her and hugs her.

"These are for you, *amorcito*," her *mamá* whispers.

"For me?" Esme takes the flowers and puts them in one of Abuelita's clay vases.

Esmeralda encuentra a su mamá paradita en la sala con un ramo de alcatraces en los brazos.

—Mamá, ¡te extrañé tanto! —le dice Esmeralda, y la abraza y la abraza y la abraza.

—Estas flores son para ti, amorcito —le susurra Mamá.

—¿Para mí? —Esmeralda pone las flores en uno de los floreros de barro de Abuelita.

Green feathers drift from the cups of the lilies, light and slow. And outside the window, a bird with a crooked beak pecks at the glass, then flies high over the green-green cilantro patch, free and *sin fronteras*.

Plumas verdes y livianas salen flotando levemente del cáliz de los alcatraces.

Y afuera, un pajarito de pico chueco picotea en el cristal de la ventana y, luego, vuela muy alto sobre el bancal de cilantro tan verde-verde, libre y sin fronteras.

JUAN FELIPE HERRERA is a nationally recognized Mexican American poet. His first children's book, *Calling the Doves,* won the prestigious Ezra Jack Keats Award. Its sequel, *The Upside-Down Boy,* was a selection for the Texas Bluebonnet Master List and was a Smithsonian Notable Book for Children. A third story, *Grandma and Me at the Flea,* came out in 2002 to rave reviews. Juan Felipe was also the winner of the Latino Hall of Fame Poetry Award for 2000 and 2002. He lives with his family in Fresno, California, and loves the color green because it's the color of emeralds, oceans, and cilantro.

For Isabella Yazmin Mansour, my West Coast granddaughter who likes to laugh, and Rainsong Ryan, my East Coast granddaughter who likes to ride horses. And for all the children who cross borders and dream about flying.

Para Isabella Yazmín Mansour, mi nieta de la costa oeste —la que le encanta reír— y para Rainsong Ryan, mi nieta de la costa este —la que le gusta correr a caballo. Y para todos los niños que cruzan fronteras y sueñan en poder volar.

J.F.H.

HONORIO ROBLEDO TAPIA spent his childhood in Veracruz, Chiapas, and in the mountainous regions of Matlanzinca, Mexico, where there was no electricity or running water. Today he is an author, painter, and musician, and lives in Los Angeles. He is the author of *Nico visita la luna / Nico Visits the Moon* and of *El Cucuy,* winner of the Independent Publishers' Award in 2002. He is also the creator of the comic strip *Cubeta,* which appeared in the Mexican newspaper *La Jornada* and can now be seen in *La Opinión* in Los Angeles. His children Nico and Amalia are huge fans of his work and wake him at six every morning to hear his stories.

To the memory of the immigrants who left their lives on the road.

A la memoria de los inmigrantes que dejaron su vida en la carretera.

H.R.T.

Library of Congress Cataloging-in-Publication Data
Herrera, Juan Felipe.
Super Cilantro Girl / story, Juan Felipe Herrera; illustrations, Honorio Robledo Tapia = La Superniña del Cilantro / cuento, Juan Felipe Herrera; ilustraciones, Honorio Robledo Tapia.
p. cm.
Summary: Eight-year-old Esmeralda is transformed into a superhero and flies off to rescue her mother, who had gone to visit Mexico and is not being permitted to return to the United States.
ISBN: 0-89239-187-1
[1. Heroes—Fiction. 2. Mexican Americans—Fiction. 3. Mexican American Border Region—Fiction. 4. Spanish language materials—Bilingual.] I. Title: La Superniña del Cilantro. II. Robledo Tapia, Honorio, ill. III. Title.

PZ73 .H46 2003
[Fic]—dc21   2002072885

Story copyright © 2003 by Juan Felipe Herrera
Illustrations copyright © 2003 by Honorio Robledo Tapia
Photo of Juan Felipe Herrera © 2003 by Randy Vaughn-Dotta
Photo of Honorio Robledo Tapia © 2003 by Luana Romero
Editors: Ina Cumpiano, Dana Goldberg
Art direction, design, and production: Aileen Friedman, Woodberry Books
Native reader: Laura Chastain
Our thanks to the Children's Book Press staff: Ruth, Bob, Alex, Rod, Rachel, Lisa Marie, and Imelda.

Distributed to the book trade by Publishers Group West.
Quantity discounts are available through the publisher for educational and nonprofit use.

Children's Book Press is a nonprofit publisher of multicultural literature for children, supported in part by grants from the California Arts Council. Write us for a complimentary catalog: Children's Book Press, 2211 Mission Street, San Francisco, CA 94110; (415) 821-3080. Visit our website at www.childrensbookpress.org

Printed in Hong Kong through Marwin Productions
10 9 8 7 6 5 4 3 2 1